AF239871

Aufgehen wird das Sanfte,
wird das Harte durchbrechen.

Hubertus Hess

Wege im Dezember

Lyrische Skizzen

Zeichnungen: Annelore Hess

www.tredition.de

© 2013 Hubertus Hess
2. Auflage

Illustration: Annelore Hess

Verlag: tredition GmbH, Hamburg
ISBN: 978-3- 8495-7015-6
Printed in Germany

Bibliografische Information der Deutschen Nationalbibliothek:
Die Deutsche Nationalbibliothek verzeichnet diese Publikation in
der Deutschen Nationalbibliografie; detaillierte bibliografische Da-
ten sind im Internet über http://dnb.d-nb.de abrufbar.

Stille Wege

Das ausklingende Jahr
hat seine eigenen Geheimnisse:
stille Augenblicke des Glücks.
Unauffällig sind sie da,
bereit, sich zu öffnen,
wenn sich ihnen nur die Sinne auftun –
die äußeren und die inneren.

Ganz nah sind die Geheimnisse.
Ihre leisen Klänge
lassen sich vernehmen.
Ihr verborgener Glanz verschenkt sich
an alle, die schauen können.
Niemand muss weit gehen,
um sie zu finden.
Nur den Lauten sind sie fern,
denen, die sich mit Lärm umgeben.

Botschaften bergen die Geheimnisse in sich.
Freude bringen sie, die niemand messen und zählen
kann.
Botschaften, die auf das Wesentliche hinweisen:
auf das Einfache, das Schlichte, das Unkomplizierte:
das Wunder,
vor dem der Mund verstummen will,
sobald das Wort an es rührt.

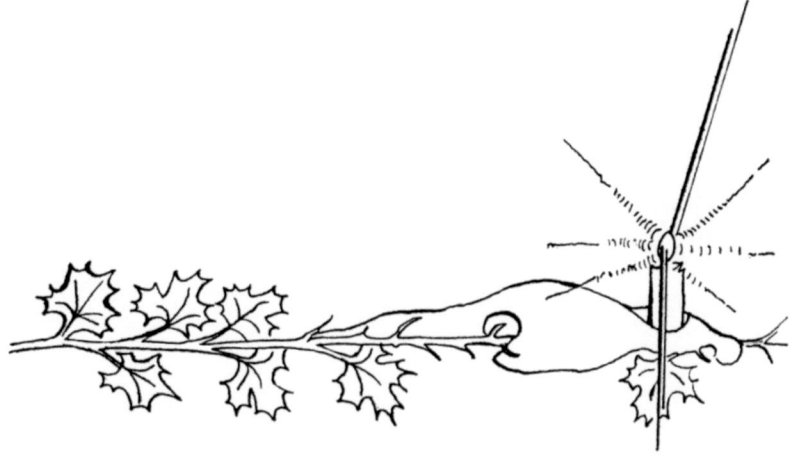

1. Dezember

Leise
ist er gekommen
heute Nacht
über den weichen Teppich
des Schlafs:
der stillste der Brüder,
der zwölfte

Einen Kranz brachte er mit,
der birgt ein schönes Geheimnis,
einen Kranz voller Duft,
süßer als Honig und Licht
und der zarte Glanz
froher Hoffnung;
einen Kranz, geflochten
aus dem tiefen Grün
knospender Erwartung

Und ein Licht ist entzündet,
eine Flamme knistert am Docht,
die wird die Hände dir wärmen,
deine Worte, dein Lied,
wird dir zeigen den Weg

Steh auf jetzt und geh,
geh deinen Weg

2. Dezember

Geh deinen Weg
durch die Straßen der Stadt,
vorbei an den lockenden Häusern,
über die Brücke, den Fluss,
hinweg über die letzten Worte
ins Niemandsland,
zu den schweigenden Feldern,
die das Kommende ahnen

Schwebt ein kleines Licht
in der Ferne,
und Spuren im Schnee
erzählen dir diese Geschichte:
Ein Tier, das trug
eine kostbare Last,
Tritte eines Menschen daneben,
der weiß nicht, wohin,
und geht doch, geht,
ohne zu zweifeln

Übers Gebirg'
werden sie wandern,
durch die Einsamkeit,
mit einem kleinen Licht

3. Dezember

Ein kleines Licht
aus purem Gold,
als wär's vom Himmel gefallen,
gesehen hab ich's heute, als
dein letztes Wort plötzlich
übern Schnee strich,
lautlos,
mit weit gespannten Schwingen,
über Zaun und Hütte und Baum:
streifte den äußersten Zweig –

Da wollte es blühen,
rosig, mir entgegen
ins weiße Haar,
wollte Baum sein
in meiner große Stille

4. Dezember

Verborgenes Blühen und
seidener Hauch
an der Biegung des Weges,
ein rosiger Schimmer
unterm wärmenden Schnee

Da steht still der Tag,
verweilt der festliche
Bote des Frühlings,
verheißt eine Blume
am Winterholz:
ein grünendes Reis
aus der Wurzel

5. Dezember

Aus der Wurzel der Zeit,
dem Erdwort
im gefrorenen Boden,
springt eine Silbe,
durchbricht die Kälte,
wo keiner mehr gräbt,
den gepanzerten Frost
mit sanftem Klang:
der reift zum Gesang,
erfüllt von der Botschaft,
reift für den Tag
seiner Freude

6. Dezember

Am Tag der Freude
stapfen Kinder über's weiße Feld,
tragen einen Apfel,
mit rotglühenden Backen,
und einen gelben Stern und
vergoldete Nüsse
in den kleinen Händen:
leise lachen sie
in sich hinein und
stapfen dem Dorfe zu

Gegen den Wald zieht
die Spur eines Schlittens,
die Kufen tief in den Schnee gedrückt,
dazwischen Monde von Hufen
und hie und da ein paar Körner,
als wären sie aus einem Sack gefallen

Sachte schweben
flaumige Flocken
durch meinen Atem

7. Dezember

Flocken, flaumig und weich,
ziehen – eine große Lämmerherde –
friedvoll durch die weiße Welt

Die Beerengesichter,
die purpurnen am Strauch,
bekommen Mützen aus Wolle
und wärmende Krägelchen aus Watte

Bald sind sie zugedeckt:
nur das Lächeln
eines süßen Traums
schimmert noch zart hervor

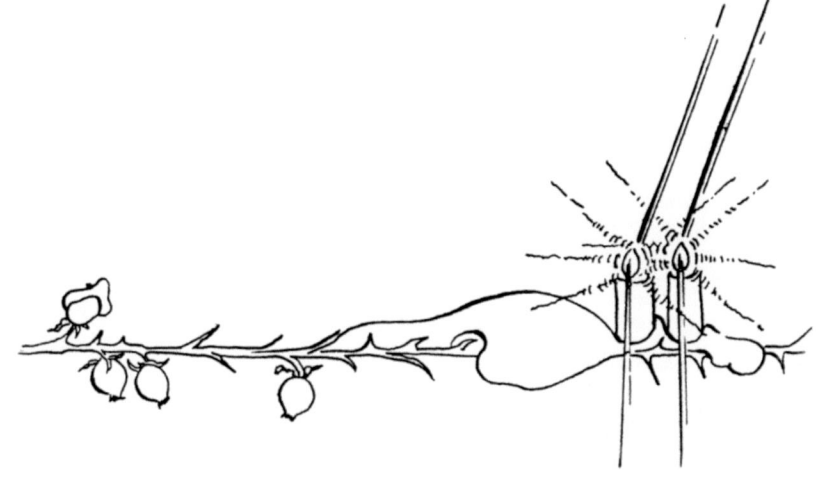

8. Dezember

Süßer Traum
in den Fäden des Schlafs

Wenn du die Augen aufschlägst,
flattert er fort -
auf den Wipfel der Birke
hinter den Häusern der Stadt

Dort sitzen andere schon,
goldbrüstig, im feinen Gezweig,
die blühen – als wüssten sie nicht,
wer du bist – still in sich hinein:
ein Schimmer nur bleibt dir

Doch wenn du aufstehst,
leuchtet dir jetzt
ein weiteres Licht

9. Dezember

Licht in der Nacht,
mildes Leuchten am Wege,
zitternde Flamme
in gewölbter Hand

Dunkel die Straßen,
die Fenster dunkel,
hundertmal dunkel
die Furcht

Doch ist jemand unterwegs,
weiß noch das Licht zu hüten:
wohin ein Strahl fällt,
da lässt er ihn liegen

Morgen kommt ein anderer vorüber
und denkt: ach, nur
ein Engelshaar
für die Kinder

10. Dezember

Mit Kinderaugen zu sehen,
wie sich alles verwandelt

Das letzte Blatt am Baum
ist ein silberner Vogel,
der Gesang des Windes –
Lied einer Nachtigall,
die jubelt im Schnee
ihr Entzücken und singt
ein großes Wunder herbei

Jede Biegung des Weges
entdeckt ein neues
Geheimnis:
es ist, als
wären Engel
unterwegs

11. Dezember

Engel sind unterwegs,
zu suchen dem kleinen
König die Stadt
und zu bezeichnen die Türen,
wenn sie sich auftun
dem Rufer

Einer klopft
an die Worte der Menschen,
ob sie Herberge sein könnten
und Haus

Dann geht er hinaus
über die Fluren,
wärmt sich am Atem
der Tiere im Stall:
dort soll es sein,
im Trog einer Krippe

12. Dezember

Ein Stall trägt das Zeichen, ein Trog,
abseits von den lärmenden Plätzen,
vor den Toren der brausenden Stadt

Berührt sind die Pfosten
vom Wort der Verheißung,
erwählt ist die Armut,
die viel geschmähte,
in Schönheit verwandelt:
erwartet demütig den armen Gott

Grünen will das trockene Holz,
blühen das dürre Gras,
erregt zittert die dumpfe Kreatur,
lauscht hinaus
in den kristallklaren Äther

Manchen Tag weit entfernt noch
trottet ein Tier
über's Gebirge zum Stall:
trägt auf dem Rücken
kostbare Last

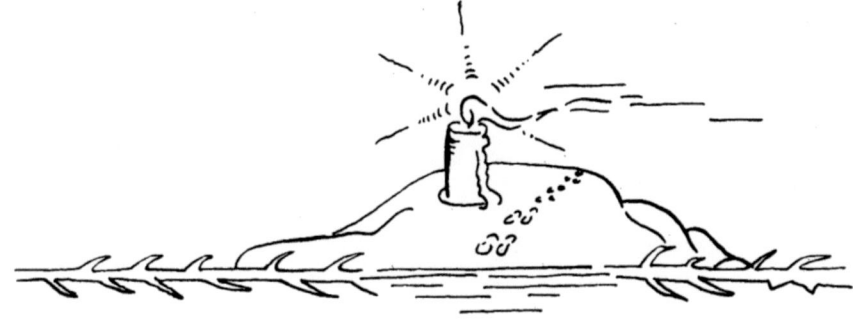

13. Dezember

Kostbare Last
trägt die Jungfrau
im Schnee:
schwer wie die Welt,
leicht wie das Licht
des schlichten Wortes
trägt sie die köstliche Last
unterm Herzen

Wind verweht die Spuren
der Jungfrau im Schnee:
niemand wird wissen,
woher sie kam:
nur das Wunder,
das Wunder wird zählen

14. Dezember

Wunder zählen nicht:
nicht an den Türen mit
doppelt gesicherten Schlössern,
an den Tischen nicht, wo
hart die Wörter klingen wie
silberne Münzen,
noch auf dem schillernden Markt

Wunder – gäbe es
Wunder, die zählten:
offene Häuser wären die Worte,
blühen würden die Straßen der Menschen,
grünen die Blumen aus Eis,
schmelzen der Frost auf den Zungen –
gäbe es Wunder

Draußen wird geschehen
das Wunder,
wird nicht fragen, ob es zählt,
ob man es trägt von Mund zu Mund:
geh nur hinaus,
verlasse deine Wörter,
die dunklen Höhlen alle,
darin du dich verbirgst:
geh, tritt ins Helle

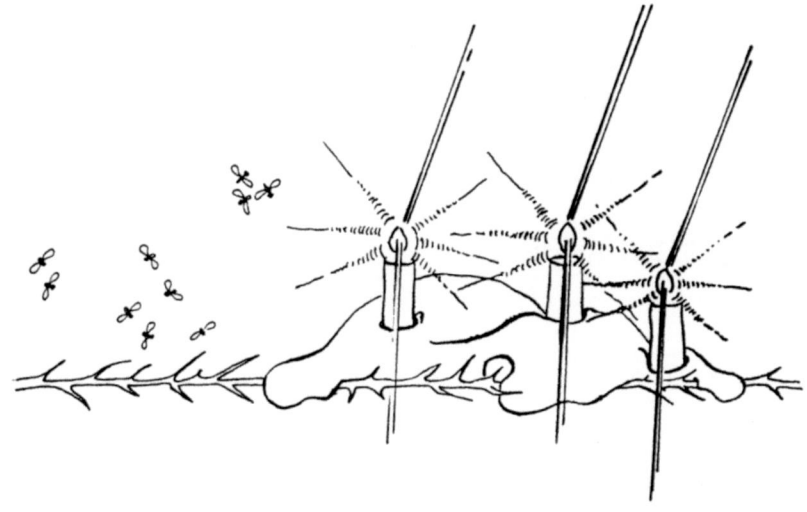

15. Dezember

Heller werden die Lichter
in dunkleren Nächten

Manchmal kommt jemand daher,
trägt Docht und Wachs in den Händen,
hält an bei der kleinen Flamme:
dann teilt sich das Licht,
bringt ein neues Leuchten hervor,
und der es sich nahm, trägt es fort,
wo schon ein anderer wartet

Irgendwann in einer Nacht
werden die Lichtträger unruhig:
einer, der Taube, erzählt,
er habe Bienen summen hören im Schnee;
der Stumme will wissen, dass der uralte,
verdorrte Baum im Garten, den keiner
zu schlagen wagte, Früchte trage,
die eine Schwangere pflückt;
und der Blinde will gar gesehen haben
die Sonne in seiner Mitternacht

Dann brechen sie alle auf:
viele Lichter soll tragen der Baum
und goldene Vogelstimmen

16. Dezember

Vogelstimmen im Winterbaum,
kristallene Knospen,
filigranes Gezweig
durchsichtiger Klänge

Schmilzt der Schnee
rings um den Baum,
taut auf gefrorene Erde –
das frostige Wort

Blühen Stimmen im Gras,
in den sieben Farben der Sonne,
läuten das Fest ein,
das neue Lied:
Ankunft des lebenden Wortes

17. Dezember

Ankunft ist geweissagt:
an den nächtlichen Himmeln
zieht – weithin leuchtend –
das Wort der Verheißung:
schon berührt sein fernster Schein
den Giebel eines Stalles

Ringsum lachen die Hügel, Bäume
strecken sich nach dem Lichtsaum,
und die Widder springen über's
flackernde Feuer der Hirten

Bald wird sich öffnen
das Tor

18. Dezember

Geöffnet wird das Tor:
ein warmer Glanz fällt heraus,
fällt auf unsere Straße

Da wird sich regen
ein Lebenskorn,
wird vermehren den
Ruf des Lichts

Aufgehen wird das Sanfte,
wird das Harte durchbrechen

Erneut wächst auf unserem Weg
der Lebensbaum

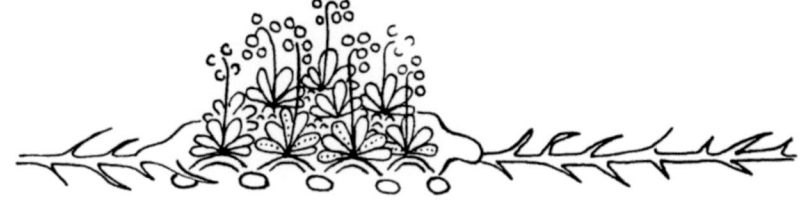

19. Dezember

Weg vor die Stadt:
die Spur eines Tieres,
und tausend weiße Vögel
gleiten hernieder
ohne Scheu

In den Vorgärten -
kleine Lichter auf Zweigen,
Schimmer aus dem Innern
des Schnees:
Glanz der Stille

Deine Hand, gerundet
um ein künftiges Lied,
behütet im wärmenden
Schweigen:
Traum rührt an
Traum

20. Dezember

Traumspuren
im Kinderbaum –
von Fenster zu Fenster
schweben sie still:
lausche, lausche

Auf Wolken
fliegen sie,
gehen durch Wände
und Wörter

Flügel
sind dir gegeben -
gestern ist heute ist morgen:
im Mantel des Himmels
schlummert die Erde

Hoch an der Spitze
des Baumwipfels glitzert
als Knospe eine
silberne Mandel:
dein kleiner Wunsch

21. Dezember

Das wünsche ich dir:
dass du zur Schneeflocke wirst,
der Wind dich trägt
zu deinen Lieblingstieren –
dem Eichhörnchen im schwankenden Haus,
dem kleinen Vogel im luftigen Schloss
und zu deinem schönsten Traum,
der in den Wattewolken wohnt

Das wünsche ich mir:
dass du zur Schneeflocke wirst,
der Wind dich trägt
über alle Berge auf
meinen bunten Baum

Da werden wir feiern
ein traumhaftes Fest

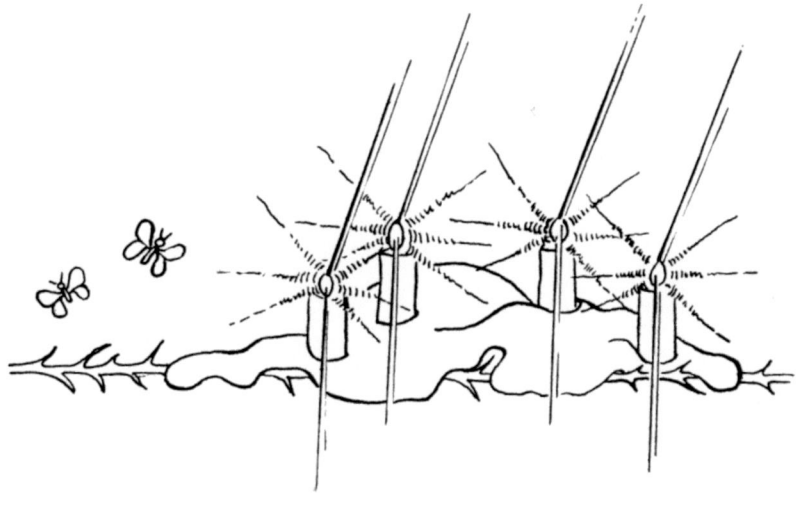

22. Dezember

Ganz nah der Glanz
des hohen Festes,
geschlossen der Kreis,
durchbrochen der Angstwall:
Licht fand zu Licht –
fort schwingt es
um das Erdenrund,
fort durch die Sphären der Himmel,
von Sterneninsel zu Sterneninsel,
fort über die äußerste
Linie des Wortes

Nie wieder soll Finsternis sein
in Babel, nie wieder
Zeit ohne Hoffnung:
durchlichtet
ist das Menschenwort

Von morgen her
leuchtet der Horizont

23. Dezember

Morgen
wird erscheinen
die Herrlichkeit des Ewigen:
Licht wird aus der Erde springen –
dann werden jauchzen die Sterne,
jubeln wird jede Kreatur,
Berge und Täler wollen sich versöhnen,
Wüste und Meer werden die Fremdlinge
geleiten auf sicherem Pfad

Durch die Wildnis
trägt die Jungfrau
das Wort der Welt,
schauend
nur die Frucht
reinster Liebe

Geheiligt
schweigt die Nacht
nach morgen

24. Dezember

Heilig die Nacht,
da tief im Schweigen
die Erde liegt,
Stille des Menschen
Wort umfängt,
leise der Himmel
sich öffnet
der seufzenden Welt

Heilig die Nacht,
da ein neues Lied erklingt
von zarter Stimme,
seliges Entzücken
die Lippen erbeben lässt,
und jubelnde Freude
Menschen und Engel eint

Heilig die Nacht
von Gottes Geburt:
mit fröhlichen Lämmern
eilen die Armen zum Stall,
die Friedfertigen finden
auf dem Berg eine goldene Stadt,
und die Sanften kommen,
zu schauen ein Kind
und ein blühendes Reis

25. Dezember

Schau nur, wo blüht der Baum,
von dem es heißt: er ist
seit Adams Tagen tot?

    Draußen im Winterfeld,
    inmitten Eis und Frost:
    dort blüht der Baum

  Lausche, wo klingt das Lied,
  von dem man sagt: es ist
  seit Evas Zeiten stumm?

    Draußen im kalten Stall,
    aus einer Jungfrau Mund
    erklingt das Lied

Siehe, wo strahlt das Licht,
von dem man weiß: es ist
für immer ausgelöscht?

    Draußen bei Rind und Schaf,
    in einem zarten Kind
    erstrahlt das Licht

Zeig mir, wo führt der Weg,
der uns verloren ist,
zu Jungfrau, Baum und Kind?

    In deinem tiefsten Sinn
    alleine ist der Weg:
    hier wird Gott Mensch

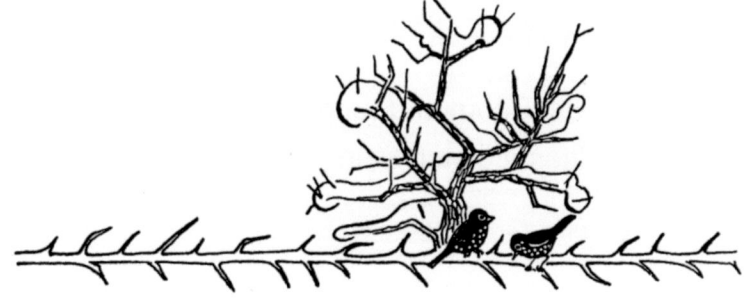

26. Dezember

Leise gehen die Tage nun,
singen andere Weisen:
kristallene Klänge
im Baum des Herzens,
weiße Vogellieder
hinter der letzten
Biegung des Wegs -
wollen schweben
auf die Zunge,
wollen tragen
das Kind in
fernes Land

Schnee
deckt leise
die Spuren zu

27. Dezember

Leise gehen vorüber
die letzten Tage des Jahres:
schon sind die Worte gesät

Einer, der Glasspieler,
haucht mir Eis-
blumen ans Fenster

Ein anderer, der großäugige Vogel
im kahlen Apfelbaum,
flattert auf, streicht übern Hügel

Und dann das scheue Tier –
seine frischen Spuren
führen hinüber zum Wald

Der Unsichtbare aber
im dichten Baumwipfelnest
wirft einen Schneeball mir vor die Füße

Hinter den Eissäulen am Bach
klimpert der Fröhliche
ein Lied auf seiner Lichtharfe

Schneeflocke heißt dieser,
der schmilzt mir auf der Hand,
schwebt zur Sonne hinauf

Der letzte, der Sterngucker,
steht so herum und wartet,
wartet auf seine Verwandlung

Sieben schweigsame Brüder –
schlag die Augen auf:
jetzt sind sie weg

28. Dezember

Sonnenperle
am Wimpernhaar,
glitzernde Silbe
am dürren Gezweig,
Lichtknospe –
springt auf, fällt
unwirklich

Nebelschal

Schwebt
bei der Berührung
lautlos
durch mein Schweigen

29. Dezember

Sachte –
mein Schneewort
schwebt
in der Stille,
lichtumflort
der Hauch

Schneesilbe
im Samt der Nacht,
gleitend
über die Hügel der Flöte,
silbernes Lauschen
zwischen dir und mir

Lichtsaat,
oh du,
weißes Kristall
unser Schweigen,
Wortstille,
du, sanftes
Nichts

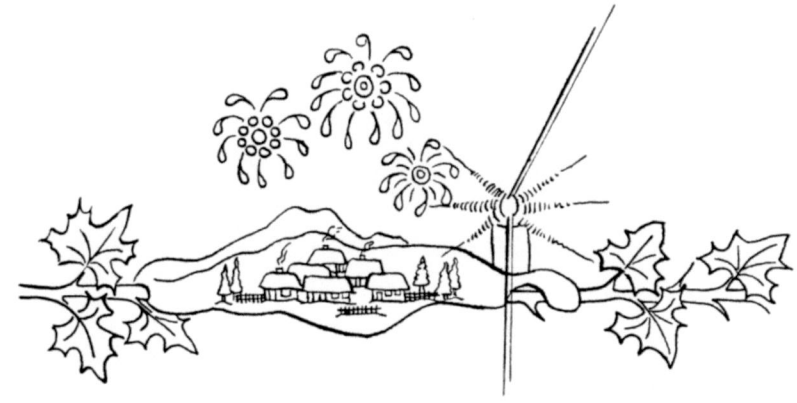

30. Dezember

Gefriert der Atem des Flusses,
liegt wortlos – zerbrechliches Band:
darüber kommt, mit bloßen Füßen,
die Nacht daher, ihr Gewand-
saum: ein seidenes Licht

Gefriert mir das Wort auf den Lippen,
perlt über Bart und Mantel und Steg
hinunter auf den eisigen Fluss,
zerspringt, bricht auf, sprüht hervor,
einen Augen-Blick lang zwischen den
Räumen der Zeit

Worte wie Rosen:
Klänge aus Licht

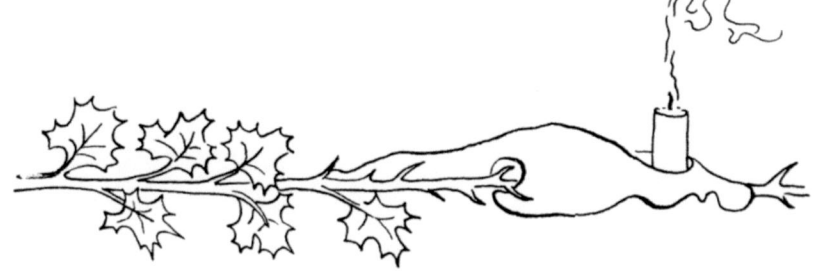

31. Dezember

Dämmerung pflückt
Lichtblumen am Horizont,
trägt sie aufs Feld
durch den eisigen Ost,
kauert sich nieder ans Feuer

Ihre Schwestern im Schneekleid,
Geläute von Glocken im Haar,
stehen daneben schon, blasen
in die tiefrote Glut,
sprühen Funken über den Himmel,
zerstiebende Hülsen von Licht

Eingeschmolzen
das letzte Wort:
am Rande der Zeit
verglüht unser Schweigen

Leise,
wie er gekommen,
geht heute Nacht
der stillste der Brüder,
der zwölfte,
über den weichen Teppich
des Schlafs

www.tredition.de

Über tredition

Der tredition Verlag wurde 2006 in Hamburg gegründet. Seitdem hat tredition Hunderte von Büchern veröffentlicht. Autoren können in wenigen leichten Schritten print-Books, e-Books und audio-Books publizieren. Der Verlag hat das Ziel, die beste und fairste Veröffentlichungsmöglichkeit für Autoren zu bieten.

tredition wurde mit der Erkenntnis gegründet, dass nur etwa jedes 200. bei Verlagen eingereichte Manuskript veröffentlicht wird. Dabei hat jedes Buch seinen Markt, also seine Leser. tredition sorgt dafür, dass für jedes Buch die Leserschaft auch erreicht wird

Autoren können das einzigartige Literatur-Netzwerk von tredition nutzen. Hier bieten zahlreiche Literatur-Partner (das sind Lektoren, Übersetzer, Hörbuchsprecher und Illustratoren) ihre Dienstleistung an, um Manuskripte zu verbessern oder die Vielfalt zu erhöhen. Autoren vereinbaren unabhängig von tredition mit Literatur-Partnern die Konditionen ihrer Zusammenarbeit und können gemeinsam am Erfolg des Buches partizipieren.

Das gesamte Verlagsprogramm von tredition ist bei allen stationären Buchhandlungen und Online-Buchhändlern wie z. B. Amazon erhältlich. e-Books stehen bei den führenden Online-Portalen (z. B. iBook-Store von Apple) zum Verkauf.

Seit 2009 bietet tredition sein Verlagskonzept auch als sogenanntes "White-Label" an. Das bedeutet, dass andere Personen oder Institutionen risikofrei und unkompliziert selbst zum Herausgeber von Büchern und Buchreihen unter eigener Marke werden können.

Mittlerweile zählen zahlreiche renommierte Unternehmen, Zeitschriften-, Zeitungs- und Buchverlage, Universitäten, Forschungseinrichtungen, Unternehmensberatungen zu den Kunden von tredition. Unter www.tredition-corporate.de bietet tredition vielfältige weitere Verlagsleistungen speziell für Geschäftskunden an.

tredition wurde mit mehreren Innovationspreisen ausgezeichnet, u. a. Webfuture Award und Innovationspreis der Buch-Digitale.

tredition ist Mitglied im Börsenverein des Deutschen Buchhandels.